A mi amiga Alessandra

Impreso en Singapur
Encuadernación reforzada

Edición primera en español, noviembre 2015
10 9 8 7 6 5 4 3 2 1
FAC-019817-15196

Library of Congress Cataloging-in-Publication Data
Willems, Mo, author, illustrator.
  [Today I will fly!]
  ¡Hoy volaré! / por Mo Willems ; adaptado al español por F. Isabel Campoy.
     pages cm
  "Un libro de Elefante y Cerdita."
  Summary: While Piggie is determined to fly, Elephant is skeptical, but when Piggie gets
a little help from others, amazing things happen.
  ISBN 978-1-4847-2287-9
[1. Pigs—Fiction. 2. Elephants—Fiction. 3. Cooperativeness—Fiction. 4. Friendship—
Fiction. 5. Spanish language materials.] I. Campoy, F. Isabel, translator. II. Title.

  PZ73.W56475 2015
  [E]--dc23   2014042734

Le invitamos a visitar www.hyperionbooksforchildren.com
y www.pigeonpresents.com

**Adaptado al español
por F. Isabel Campoy**

¡Hoy volaré!

Por **Mo Willems**

Un libro de ELEFANTE y CERDITA

Hyperion Books for Children/*New York*
AN IMPRINT OF DISNEY BOOK GROUP

9

Ella no volará.

¡Volar, volar, volar, volar,

volar, volar, volar, volar!

¡Volar, volar, volar, volar!

Necesitas ayuda.

¡Buscaré ayuda!

19

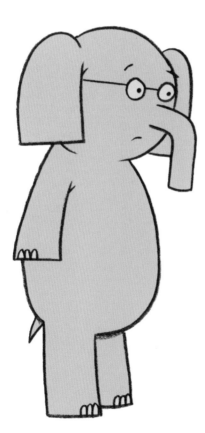

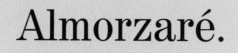

Almorzaré.

¡Adiós!

Sí, necesito ayuda.

¿Vas a ayudarme?

Lo haré.
Te ayudaré.

Gracias.

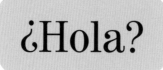

¡Hoy estás volando!

¡Yo *no* estoy volando!

Me están ayudando.

¡Gracias por ayudarme!

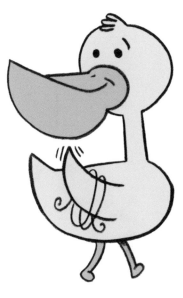

¡Mañana *YO* voy a volar!

Buena suerte.